Anselma Heine

Die Erscheinung

Salzwasser

Anselma Heine

Die Erscheinung

1. Auflage | ISBN: 978-3-84608-655-1

Erscheinungsort: Paderborn, Deutschland

Erscheinungsjahr: 2015

Salzwasser Verlag GmbH, Paderborn.

Im Hafen von Port Said nahm der aus Sydney zurückkehrende Dampfer des Bremer Lloyd Kohlen ein. Er lag zwischen einem Franzosen und einem Niederländer. Die drei schief geneigten, leicht schwankenden Schiffe mit ihren nackten, in die Luft hineingestreckten Rahen erinnerten nur wenig noch an die breit beflügelten, stolzen Schwimmer, die mit funkelnder Brust und ungestümen Atemzügen den Ozean durchschneiden.

Gespenstisch unablässig stiegen lange Reihen gebückter, schwarzer Träger die Laufbrücken auf und ab, alles rings unter glitzerndem Staub begrabend. Und als sich jetzt das deutsche Schiff langsam zur Seite wandte, schien in dieser Bewegung etwas Unwilliges, fast Entschuldigendes zu liegen.

Die Passagiere des »Bussard« waren bereits an Land gegangen, nur Doktor Arnold Riedhammer, ein magerer, blondbärtiger Herr, saß noch droben auf seinem steilgestellten Leinwandstuhl und schrieb. Von Zeit zu Zeit blies er die schwarzen Staubkörner von seinem Briefbogen herunter und runzelte gedankenvoll die Stirn. Er schrieb dem deutschen Bezirksamtmann der kleinen Südseeinsel Nauru, in dessen Holzhäuschen er die letzten Monate vor seiner Abreise mit ihm, der Frau und der hübschen Schwägerin Moansa, beides Eingeborene gewohnt hatte.

Vorher war er ganz einsam, ohne Umgang mit Weißen auf einem benachbarten Felseninselchen gewesen. Bis ihm bei dem letzten schweren Orkan sein Häuschen von einer See fortgetragen und zerrieben wurde.

Riedhammer war von einer großen deutschen Maschinenbaugesellschaft nach den Marshallinseln hinausgeschickt worden, um dort für einige wichtige Koprahandelsplätze, deren Riffwasser den größeren Schiffen gefährlich war, eine Exportmöglichkeit zu schaffen. Sechs Jahre hatte er drüben gearbeitet. Unter Anstrengungen, Entbehrungen und Enttäuschungen, mit unfähigen Hilfskräften, ungenügendem Material war es ihm endlich gelungen, eine Riesendrehbrücke zu konstruieren, die man viele hundert Meter weit bis zum Landungsplatz der großen Schiffe ins Meer hinausschwingen konnte. Damit hatte er seine Aufgabe auf das vollkommenste gelöst und konnte nach Europa zurückkehren.

Er hatte sich auf die Heimkunft gefreut. Während der langen Reisemonate aber war ihm seine alte Spannkraft abhandengekommen. Er schob es auf das Fieber, das ihn die ganze Zeit her arg geplagt hatte, und von dem er sich erst jetzt wirklich zu erholen begann. Noch war indessen eine gewisse Mattigkeit und Traurigkeit in ihm zurückgeblieben. Seine Heimatlosigkeit wurde ihm fühlbar, sein schwankender Interimszustand zwischen zwei ihm gleichmäßig fernen Welten. Denn Europa blieb noch stumm und wesenlos für ihn, und seine Südseeinseln waren ihm bereits versunken. Summarisch fasste er sie heute schon in ein paar Formeln zusammen: ›Niedrige Atolle, Palmen, Arbeitshemmungen und Langeweile, viel Seewasser, Monotonie, weiße Anzüge, Korkhüte, eingeborene Frauen auf Zeit, Konservenbüchsen, alle paar Monate einmal Post, geistige Versumpfung, Heimatssehnsucht.‹ Dabei lag ihm doch der Rhythmus der insulanischen Geräusche noch lebendig im Blute. Genauso wie die Erinnerung an sein deutsches Zuhause. Manchmal nachts meinte er im Schleifen und Zischen des Wassers den Gesang malaiischer Bootsleute zu hören, und manchmal wieder brachte ihm irgendein Duft, ein Vogelschrei die Vorstellung, er liege in Thüringen zu Hause im Tannenwalde, als höre er wieder ein traulich singendes Sprechen und schmecke Speisen, wie man sie ihm dort bereitete, als seine Eltern noch lebten.

Nun war letztes Jahr auch sein Bruder noch gestorben. Er hatte niemanden mehr. Manchmal fühlte er, dass er nicht hineinpassen würde in das engere, geregeltere Leben hier in Europa. Er dachte auch wohl daran, bald wieder zurückzugehen in die Tropen. Und dann würde er sich wahrscheinlich aus Deutschland eine kleine blonde Frau mitnehmen. Aber an alles das dachte er nur unbestimmt und ohne Dringlichkeit. So wie Kinder an Weihnachten denken: weit, weit weg.

Er hatte nun endlich seine Post beendet; auch wurde jetzt der Staub unerträglich. Dazu alle Kabinen sorgfältig verhängt und verschlossen; die Salons vollgepfropft mit Deckmöbeln. Bald würden auch die Matrosen kommen und das Schiff mit Wasserströmen überfluten.

So fuhr er denn an Land.

Während er im Boote saß, umgeben von der Rotte nackter Bübchen, die ihn durch Geschrei und Armverrenkungen aufforderten, Münzen ins Wasser zu werfen, oder sich an den Rand des Schiffes hingen, ab und zu vom Ruder des Fährmanns niedergestoßen, sah er gleichgültig zur Küste hinüber auf die hastig und reizlos zusammengebaute Stadt mit ihren blendenden Kais und der zum Meere hinabweisenden Hauptstraße, sah unter den Sonnendächern der Kaufläden Hausierer, Zauberkünstler, Bettler, Fremde, Leute aller Farben, Esel, Katzen, Hunde aneinander vorbeirennen und sah auch Gruppen seiner Schiffsgesellschaft, die einander trafen und grüßten. Alles das war ihm alltäglich und verdrießlich. Er heftete den Blick auf die kahlen, rötlichen Hügel, die hinter der Stadt auftauchten, und es kam mit seltsamer Bitterkeit ein Gefühl von Abgesondert sein, von Beiseite stehen und Einsamkeit über ihn, zugleich eine Abwehr gegen all dieses banale Zusammenhalten ringsum, das ihn ja doch nichts anging.

Inzwischen hatte sich ein heißes Windchen erhoben, das drüben am Lande hohe weiße Staubwolken aufwirbelte.

Dort, wo der Kai eine Biegung macht, schienen sie geradewegs aus dem Meere emporzusteigen.

Arnold Riedhammer schloss die Augen. ›Nirgends bin ich zu Hause‹, dachte er, ›kein Mensch, der zu mir gehört.‹ »Ein Mensch, der zu mir gehört!« bat er inbrünstig. Als er wieder die Augen öffnete, geschah ihm etwas sonderbares. Er sah drüben, wo der Kai die Biegung macht, eine ungemein hohe, stille Welle geradewegs aus dem Meere aufsteigen, dunstig und weiß. In deren Mitte schwebte eine weißdurchleuchtete Gestalt. Eine Frau, auf einer Glorie von Engelsköpfen. Die seltsame Vision dauerte nur einen Augenblick. Dann wurden die kahlen, rötlichen Strandhügel wieder sichtbar, und Riedhammer begriff, dass er eine Wolke von Staub gesehen hatte, in der eine weißgekleidete Dame ging, eine Schar von Bettelkindern hinter sich. Nichts weiter! Aber noch als die Fremde längst in die Hauptstraße eingebogen war, hielt das Wohlgefühl an, das ihre Erscheinung ihm gebracht hatte. Eine seltsame Dankbarkeit war in ihm gegen sie, die Unbekannte, die ihn in einem schweren Augenblicke getröstet hatte. Und während er auf der Terrasse des Hotels frühstückte, lächelte er ein paarmal vor sich hin, in der Erinnerung daran, wie sie mit geraden Schritten, die sie nicht erschütterten, nach vorn gekommen war, die Arme seltsam zurückgebogen, so daß sie wie kleine, weiße Flügel nach hinten standen, und wie die Sonne durchsichtige Doppellinien um ihre ebenmäßige Gestalt gezogen hatte.

So sehr war er in Gedanken, dass er nicht bemerkte, wie ein schmutziger Araber den ganzen Tischplatz vor ihm mit Waren vollgelegt hatte, die er zudringlich anpries. Arnold Riedhammer sah erst auf, als der Händler ihn an der Schulter rührte, bemerkte den bunten Kram und wischte ihn mit einer herrischen Bewegung vom Tische herunter, wobei ihm ein seidenen Schal von großer Schönheit am Knopf seines Rockes hängenblieb. Es war ein blaugolden schimmernder Stoff mit einer grün und goldenen Arabeskenweberei darin. Einen Augenblick wog er ihn in der Hand, fand auch den Preis, den der braune Kerl dafür forderte, und den man auf zwei Drittel herunterhandeln würde, nicht zu hoch. Er lächelte. ›Einer ruhig schreitenden Frau müsste solch weicher, schimmernder Schal gut stehen!‹ Dann aber warf er das Ding beiseite. Er hatte keine Verwendung für Frauenputz! Auch sah der Araber, nun er ihn näher ins Auge fasste, gefährlich aus. Fleckig und fiebrig, wie von Krankheit befallen. Man musste vorsichtig sein. Unlängst erst war an der Küste ein Pestfall vorgekommen, durch einen erhandelten Teppich eingeschleppt. Barsch wies er den Menschen ab, ließ sich Wasser geben und reinigte seine Hände.

Abends auf dem Schiff sah er ›seine Erscheinung‹ wieder. Zuerst erkannte er sie nicht. Sie saß am unteren Ende der Tafel, zwischen den Neuangekommenen, trug ein weißes, ausgeschnittenes Kleid und ein schön geformtes Schmuckstück von blauem Stein am Halse; über der delikaten Linie ihrer Schultern hob sich ein liebes, einfaches Gesicht mit ernsten Zügen. Sie gefiel ihm sehr. Sein eigener Platz war in der Nähe des Kapitäns, ziemlich weit von ihr entfernt, aber wenn er sich zurückbog, konnte er sie sehen, blond und still auf dem blauseidenen Hintergrunde des Meeres, das hinter den Fenstern zu hängen schien. Mehr als gewöhnlich langweilten ihn heute die Berechnungen seines englischen Nachbarn über die Meilenzahl, die er bereits bei seinen Morgenspaziergängen um das Schiff herum zurückgelegt hätte, und welchen Entfernungen zwischen welchen Städten sie entspräche. Auch die hygienischen Warnungen, mit denen eine schwedische Ärztin ihm gegenüber allen Umsitzenden das Essen zu verleiden pflegte, konnten ihn heute nicht zu der gewohnten spöttischen Abwehr reizen.

»Also kein Büchsengemüse mehr essen?« Er hatte eben bemerkt, dass die fremde junge Frau ein paar Worte mit dem englischen Offizier wechselte, der neben ihr saß. Sie lächelte dabei. Aber nur der Mund lächelte, die Augen blieben ernst, fast traurig.

Nein, einfach war diese Frau nicht.

Als sie aufstand, sah er, wer es war. Es gab ihm förmlich einen Stoß, als müsse er etwas zu ihr sagen; als dürfe er etwas erwarten von ihr.

Während des Essens schon hatte das Schiff unangenehm gestoßen. Als man hinaustrat, fand man den Mond nicht mehr. Der Himmel stand voll schwerer Wolken, von denen der Wind kaum hier und dort ein Rändchen abzufetzen vermochte. Dann kam der Regen. Heiße Güsse, wie aus einer Badewanne. Man hatte das Gefühl, man müsste schmutzig werden von diesen Wassermengen. Riedhammer hatte sich seinen Regenmantel geholt und stand nun am Schnabel des Schiffes in den kaminartigen Winkel hinter dem Scheinwerfer eingeschmiegt, sah die dunklen Masten ins Schwarze ragen, hörte Triefen und Brauen und spürte den schneidenden Strom der begegnenden Luft. Aus dem Salon klang Klavierspiel, ein Walzer. Man tanzte. Ob sie dabei war? Er versuchte einen Augenblick sich vorzustellen, wie sie aussähe beim Tanzen, aber das Bild verschwand. Regelmäßig trappten die Schritte des wandernden Engländers um das Schiff herum, und unbeweglich wie immer saß der indische Yoghi auf seinem Platz.

Arnold liebte diese einsamen Abendstunden da in seiner Ecke. Sie waren ein Tribut, den er seinem inneren Menschen darbrachte. Er fühlte sich dann immer ganz eins mit dem Schiff, das zischend gerade seine Straße zog, ins Dunkle hinein. Und heute Abend, wie er mit ineinandergelegten Händen dastand und auf das Klavierspiel unten lauschte, kam ihm leise eine schauervolle Ahnung von eigenen dunklen Wegen, die er gehen würde. Er fühlte die Töne in seinem Blute klopfen, mit einer Lockung, die ihn erschreckte und beglückte. Heftig trat er aus seinem Versteck hinaus in den Regen, hob den Kopf und ließ sich die Tropfen über die Stirn laufen. Dann ging er hinunter in seine Kabine.

Er nahm den Brief noch einmal vor, den er in Port Said auf der Post vorgefunden hatte. Man teilte ihm den Eröffnungstermin der Pariser Weltausstellung mit, auf der ein Modell seiner Drehbrücke ausgestellt war, und bat ihn zugleich, dort als Sachverständiger zu fungieren bei dem Aufbau eines malaiischen Dorfes. Man legte großes Gewicht darauf, bei dieser Ausstellung, der ersten wirklich internationalen nach dem Kriege, tadellos vertreten zu sein.

Riedhammer hatte zuerst abtelegraphieren wollen. Seine Schiffskarte ging nach Italien, nicht nach Frankreich. Hätte er die Aufforderung früher erhalten, so würde er praktischer und angenehmer von Port Said aus direkt nach Marseille gereist sein. Nun konnte er kaum rechtzeitig in Paris eintreffen, sah Hetzerei und Unvollkommenheiten voraus, die ihm zuwider waren. Auch hatte er sich auf das Ausruhen gefreut und mochte nicht gleich wieder in die Siele. Heute Abend aber fühlte er sich frisch und unternehmungslustig. Er beschloss, von Neapel aus zuzusagen. Ein plötzlicher, sehr europäischer Ehrgeiz kam ihn an, sich hervorzutun, nicht zurückzubleiben hinter anderen. Die Muße hatte allen Reiz für ihn verloren. Auch hier auf dem Schiff schon wollte er irgendetwas Vernünftiges vornehmen. Er hatte einem deutschen Anthropologen versprochen, unterwegs Lieder und Sagen zu sammeln, seine Notizbücher waren gefüllt mit Material, das wollte er nun sichten und ordnen. Gleich morgen.

Beim Einschlafen sah er noch einmal die fremde weiße Frau. Sie lächelte mit traurigen Augen.

Der Vormittag war schwül. Totenstill und bleifarben lag das Meer. Keine Hoffnung auf Wind. Man litt von Küchengerüchen und Fliegen.

Die Passagiere lagen mit Fächern und Wedeln in ihren Stühlen. Matt, wie vergilbt. Selbst der Engländer wanderte nicht. Nur zwei Wienerinnen mit roten Schleiern, die in Gesellschaft ihres Beichtvaters reisten, unterhielten mühsam einen Flirt mit einem fetten, schweißbedeckten Ungarn, und Mrs. Craw, der Schrecken des Schiffs, wegen ihrer Chinareisen, die gelbe Gefahr genannt, ließ sich von dem Steward beständig Stuhl, Fächer, Eiskübelchen, Taschentuch und ein dickes Buch nachschleppen, da sie immerfort ihren Ruheplatz änderte. Zwei ältere deutsche Gelehrte, die unzertrennlich waren, saßen liebenswürdig gefasst und aufmerksam da und machten Aufzeichnungen. Hin und wieder richteten sie eine Frage an Doktor Riedhammer, der in ihrer Nähe saß, ein grasgeflochtenes Täschchen an den Stuhl gehängt, dem er ab und zu ein neues Notizbuch entnahm, um darin zu blättern. Eben jetzt war er an die Sage vom Fregattvogel gelangt. Er hatte sie einer Erzählung der hübschen braunen Moansa nachgeschrieben. Ganz in ihrer Redeweise. Die Geschichte berichtete von einem Häuptling, dessen Frau starb. Die neuen Frauen behandeln den nachgebliebenen Sohn schlecht; deshalb erscheint dem Knaben seine tote Mutter in Gestalt eines Fregattvogels, tröstet ihn und beißt ihn, um dem Vater damit ein Zeichen ihrer Wachsamkeit zu geben, in den Finger. Als sich in der Behandlung des Knaben nichts ändert, entführt sie ihn ins Geisterreich. Der Vater sucht den Verschwundenen. In der Erde hört er Stimmen. Bald hier, bald dort. Er gräbt. Immer wieder getäuscht.

»Darauf sein Vater, er sagte: du gräbst dich weg, der Knabe sagte: wir zwei hier, wir zwei da; grabe du, grabe du, grabe du. Graben. Müde. Mann tot. Ende das.«

Die Geschichte hatte damals einen tiefen Eindruck auf ihn gemacht; die Bosheit der unterirdischen Geister, die den Menschen zu Tode äffen – etwas unsäglich Peinigendes lag für ihn in alledem.

Ein Lachen und Laufen über das Schiff riss ihn aus seinen Träumen. Der Papagei von Mrs. Craw war entflohen, und man suchte ihn unter der Ägide der dicken Dame im khakigelben Morgengewande wieder einzufangen. Sie selber warf alles, was an Hüten, Büchern, Taschen, Schleiern, Gläsern und Zeitungen auf den Stühlen herumlag nach dem Flüchtling, schrie und kommandierte und brachte das ganze Schiff in Verwirrung.

Das kleine Intermezzo hatte die Leute erfrischt. Man stand umher, lachte und schwatzte und hatte die Hitze vergessen. Einige junge Leute begannen ein Spiel, an dem sich nach und nach immer mehr Schiffsgäste beteiligten. Man warf in bestimmter Ordnung mit Bleistücken auf ein großes Schachbrett, andere schleppten kleine Eimerchen herbei, in die man mit Lederringen hineintreffen musste. Wieder andere erprobten ihre Geschicklichkeit, einen Nagel kerzengerade und mit einem einzigen Schlage in ein Brett zu treiben.

Riedhammer sah spöttisch hinüber. Immer noch, wenn er eine Anzahl europäischer Männer und Frauen beisammen sah, fiel ihm die komische Verschiedenheit ihrer Formate auf. Drüben war er an gleichmäßig Zierliches gewöhnt gewesen, hier sah man allzu Dürre und allzu Dicke; dazu die Frauen in bizarr erfundene Formen gezwängt. Einen Augenblick fesselte die hübsche elegante Miss Wedney seine Aufmerksamkeit. Auf einmal aber erhob er sich. Er hatte ganz flüchtig eine weiße Frau gesehen, die an der anderen Seite des Schiffes saß und gleichfalls zuschaute. Rasch erhob er sich und ging hinüber. ihm war, als müsse er dort sein, wo sie war. Ebenso selbstverständlich stellte er sich neben sie. Er sah sie nicht an, sondern fuhr fort, die Spieler zu betrachten.

Am Schachbrett wurde eben ein Neuhinzutretender den anderen vorgestellt. Er scharrte die Hacken zusammen und ließ ein paarmal den Kopf ganz schnell und hart auf seine blaubatistene Morgenbrust fallen, dabei mit großer Gewalt seinen vielsilbigen Namen hervorstoßend.

Riedhammer lachte. »Wenn man dagegen an die anmutige Höflichkeit der sogenannten Wilden denkt!« Und wie eine Antwort klang es dicht an seiner Seite: »Ja, in Europa begnügen sich die Leute mit dem einfachen Hersagen der Formeln.«

»Ohne jede liebenswürdige Täuschung,« ergänzte er. Dann wandten sie sich zueinander und lächelten sich an, in dem Bewusstsein, sich nahegekommen zu sein ohne Formelkram und Konvention.

Sie trug heute Morgen ihr braungoldenes Haar um den Kopf gelegt. Nicht übermäßig dicke Flechten. Er betrachtete ihr schmales Ohr, den wundervollen Umriss ihrer Glieder und kam an die gebräunten Hände, die auf ihrem Schoße lagen. Ein breiter goldener Ehering saß an der rechten Hand. Arnold betrachtete diesen Ring. Die junge Frau sah auf, bemerkte seinen Blick und ließ unwillkürlich die Hand tiefer in die Falten hineingleiten, so wie man sich vor heißer Sonne schützt.

»Auch mir sind die europäischen Sitten wieder neu.« Sie sprach ein gutes, etwas zögerndes Deutsch. »Ich war kaum siebzehn Jahre alt, als ich nach Batavia kam.«

»Sie sind Holländerin?«

»Ja. Aus Amsterdam.«

Und sie nannte ihren Namen: »Johne Stevens.«

›Das Schönste an ihr sind ihre Augenlider,‹ dachte er, ›glänzend wie Perlmutter und herrlich in der Form.‹

Sie blieben eine Weile still.

Frau Stevens hatte ihre Hand jetzt, wie um sie zu kühlen, an den großen blauen Stein gelegt, den sie auch heute auf der Brust trug.

›Sicher ein Geschenk ihres Mannes,‹ dachte Arnold. Laut fragte er dann:

»Ist das indisch?«

»Ich weiß nicht, ich habe es in Port Said einem Araber abgekauft.«

Riedhammer sah sie dankbar an. Es freute ihn so sehr, dass es kein Geschenk ihres Mannes war.

Sie nahm das Schmuckstück vom Halse und reichte es ihm. Warm und glatt hielt er es in der Hand. Bei näherer Betrachtung war es nicht sehr kostbar, aber geschmackvoll geformt und mit einer hübschen Goldarbeit zusammengehalten, die sich hinter dem Stein versteckte.

»Ich habe da in Port Said allerlei Buntes gekauft,« sagte sie. »Ich glaube, nur deshalb, weil ich seit langer Zeit einmal wieder froh wurde.«

»Und wenn Sie froh sind, wandeln Sie auf dem Meere?«

Sie verstand ihn nicht. Da erzählte er ihr seine Vision, bemüht, einen ironischen Ton hineinzulegen. »Sie wissen, man hat Stimmungen. Ich bildete mir ein, schon halb erledigt zu sein für die Mitwelt, keinen Menschen zu haben, dem ich einiger Mühe wert wäre. Da hatte das Meer die Gutmütigkeit, sich für mich zu öffnen und mir eine – – Ganz wie eine Fata Morgana tauchten Sie mir auf. Und entschwanden auch so; ich glaube zu den Unterirdischen,« fügte er in einer vagen Erinnerung an eben Gelesenes hinzu.

Sie sah ihn ernsthaft an. Dann, ohne ein Wort zu sprechen, gab sie ihm die Hand. Er hielt sie eine Weile still in seiner. Dann gingen beide wie auf Verabredung zu den anderen, die in Erwartung der Mahlzeit jetzt müßig umherstanden.

Im Laufe des Tages trafen sie sich immer wieder. Im Lesezimmer, am hinteren Teile des Schiff es, wo sie nachmittags die Möwen fütterte, dann, als die Sonne durchbrach und es frischer wurde, mit anderen zusammen auf der Kapitänsbrücke. Sie hatten sich immerfort etwas zu sagen. So, als hätten sie seit Jahren miteinander gelebt. Dabei sprachen sie doch nichts Persönliches. Sie sprachen vom Wetter dieser letzten Tage, von der Fahrt, von dem Schiff, auf dem sie sich befanden, und von den Farben des Wassers.

Kurz vor der Abendmahlzeit verbreitete sich die Nachricht, im Zwischendeck sei Tanzvorstellung. Eine Tscherkessin. Viele gingen hinunter, sie zu sehen. Auch Frau Stevens. Arnold stieg dicht hinter ihr den Niedergang hinab. Als sie auf der Treppe plötzlich stehenblieb, tat er dasselbe.

Frech und geschmeidig stand ein braunes Mädchen da, halb nackt, und machte mit gespreizten Beinen plötzliche Sprünge, die wie wilde Ausbrüche von Schamlosigkeit wirkten. Die zuschauenden Herren standen mit erhitzten Gesichtern daneben. Einige lachten. Riedhammer machte eine merkwürdige Bewegung mit den Armen, als wolle er das weiße Geschöpf da vor sich, aufheben und forttragen. Unwillkürlich streckte er die Hände nach ihr aus. In demselben Augenblicke wendete sie sich um, gerade so, als hätte er sie beim Namen gerufen.

»Gehen wir wieder hinaus,« sagte sie dann. »Ja, gehen wir.«

Ihr ›wir‹ entzückte ihn.

Nach dem Essen standen die Leute mit Operngläsern, ein Schiff zu beobachten, das hinter ihnen herkam, von den Wellen manchmal unsichtbar gemacht. Endlich konnte man die Farben des Schornsteins erkennen: ein Niederländer. Arnold, der seiner Nachbarin sein gutes Perspektiv anbot, bemerkte, dass sie blass wurde.

»Holt es uns ein?« fragte sie und gab sich gleich selbst Antwort: »nein, unser Schiff ist viel schneller.«

Unter der schwarzen Maske des Opernglases hatte ihr Gesicht einen starren, entschlossenen Ausdruck. Als sie das Glas sinken ließ und seine Augen auf sich gerichtet sah, errötete sie. Er blickte nicht weg. Er hatte sich ein Recht gegeben über sie, weil er sie liebte.

»Fürchten sie etwas von diesem Schiffe?« fragte er aufs Geratewohl.

Noch einmal sah sie auf den Niederländer, der immer mehr zurückblieb. Dann mit einer Gebärde, die etwas Ergebenes hatte, faltete sie die Hände:

»Ich hatte Angst, man könnte mich wieder holen,« sagte sie dann leise, so, als solle er am liebsten gar nicht hören.

»Ihr Mann?«

Sie hob den Kopf, und mit demselben starren, fast harten Ausdruck von vorhin fügte sie hinzu:

»Ich kehre nicht mehr zu ihm zurück.«

Dann, als sei dies abgetan, setzte sie sich. Riedhammer stand kerzengerade neben ihr. In seiner Brust tanzte das Blut. »Dann, also dann,« stammelte er – –

Allerlei Menschen gingen vorbei, einige blieben stehen und sprachen mit ihnen. Arnold hörte sich in verschiedenen Sprachen ein paarmal sagen: »Sie haben ganz recht!« und allerlei sonst. Ein fertiger Entschluss war in ihm aufgeschossen, unabänderlich wie ein Gebot.

»Bitte kommen Sie mit,« sagte er. Sie sah ihn an. Dann senkte sie den Kopf und kam mit ihm. Er führte sie hinauf in seinen stillen Winkel hinter den Scheinwerfer, da, wo er zuerst mit ihrer Macht gekämpft hatte. Er sprach ihr davon. Dann, ganz einfach, fragte er sie, ob sie seine Frau werden könne? Später einmal, wenn sie wieder frei sei?

»Wenn ich wieder frei bin.« Sie nickte ein paarmal leicht mit dem Kopf. Und auf einmal, ganz schnell und bestimmt, legte sie beide Hände in seine. »Ja, ja, ja!« ihre Lider, weit heller als das Gesicht, zitterten leise. Er musste an Schmetterlinge denken, die einen Augenblick ausruhen auf den Seen, um wieder fortzuflattern. Und etwas Flüchtiges, wie Auffliegendes war auch in ihrer Haltung.

»Du darfst mich nie verlassen,« sagte er, wie in Angst. »Ich habe dich mir aus dem Meer heraufgebetet. Du gehörst mir.«

Sie streichelte seine Wangen und sein Haar, und er wunderte sich, wie leicht ihre Hände waren. Auch ihre Gestalt, die er an seine drängte, fühlte sich kühl an und leicht wie Schaum. Nur ihre Lippen, die er küsste, brannten.

Beherrscht und glücksfromm blieben sie da oben die halbe Nacht, dicht aneinander gelehnt. Vor ihnen ragten die Masten, vom Monde überflossen, goldträufelnd in die Nacht hinein. Unbeweglich saß der Yoghi auf seinem Platze, der schwere Schritt der Schiffswache tönte bald näher, bald ferner, und kerzengerade, mit rauschendem Kiel durchschnitt das Schiff die Wasser, hinein ins Dunkle, Unbekannte. Eine breite, rotschimmernde Furche zog sich hinter ihnen.

»Jetzt musst du gehen, du frierst,« sagte Arnold endlich. »Du darfst mir ja nicht krank werden.«

»Ich will auch nicht,« sagte sie, aber ihre Zähne schlugen aufeinander.

Er wagte es nicht, sie hinunter zu begleiten, sah ihr nur nach, wie sie die Treppe langsam hinabstieg, sich noch zweimal nach ihm umsehend.

»Du Frau, du Frau,« murmelte er.

Mit großen Schritten lief er auf dem Schiff umher. Dann fing er an, über sich selber zu erstaunen. Er, der um Frauen sich kaum je gekümmert hatte! Als Student liebte er eine schöne Verwandte, die ihm aber rasch gleichgültig wurde, und drüben – – das rechnete nicht mit. Und jetzt kam ihm, dem reifen Manne, diese plötzliche besinnungslose Leidenschaft zu einer Fremden. – –

Die Küste von Europa in Sicht.

Alle stürzten an den Schiffsrand und schauten nach dem schmalen, grauen Streifen. Einige hatten Tränen in den Augen. Ein mageres, stilles Ehepaar aus Bremen drückte sich die Hände und flüsterte miteinander.

Eine sichtliche Veränderung in den gesellschaftlichen Beziehungen vollzog sich fast im Augenblick. Einer betrachtete den andern mit Heimatsaugen, erwog, was der und jener wohl zu Hause gelten würde. Vorsichtige beschäftigten sich schon jetzt mit ihrem Gepäck, suchten in den Salons ihre Bücher und Notenhefte zusammen und reklamierten ihr Eigentum. Andere ordneten ihre verschiedenen Geldsorten, saßen da und rechneten und seufzten. Ein paar ägyptische Herren sowie ein feiner, kleiner Chinese machten sorgfältig europäische Toilette.

Riedhammer klopfte an Frau Stevens Kabine an. Er wollte mit ihr sprechen.

»Sollen wir uns nun wirklich schon in Genua trennen?«

»Mein Billett geht weiter bis Antwerpen,« sagte sie hilflos.

Er besann sich eine Weile. »Erwartet dich dort jemand?«

Sie seufzte. »Mutter und Schwester wissen noch gar nicht, dass ich von Batavia weg bin.«

»Umso besser. Ich will dir nämlich den Vorschlag machen, dein Billett verfallen zu lassen und von Genua aus zu Lande zu reisen. Ich steige schon vorher in Neapel aus. Denn wozu braucht man auf dem Schiffe zu wissen, dass wir jetzt zusammengehören?«

»Nein, das braucht man nicht.« Es klang so drollig gehorsam, dass er lächelte.

»Nun gut, ich steige also in Neapel aus, fahre mit der Bahn nach Genua und hole dich am Hafen ab. Wir sehen uns zusammen Genua an. Natürlich nur, wenn du willst? Und fahren dann zusammen weiter nach Paris.«

Er wandte seine Augen, um sie nicht zu beeinflussen, von ihr weg.

»Willst du?« fragte er noch einmal.

»Mir scheint, ich will,« sagte sie leise.

Er sah jetzt, dass ihr Tränen in den Augen standen. Er küsste sie zart und dankbar.

Als er gegangen war, legte sie sich fröstelnd auf ihr Lager und hüllte sich fest in einen seidenen Schal. Ein blauschimmerndes Gewebe von großer Schönheit mit einer grün und goldenen Arabeskenzeichnung darauf, derselbe Schal, den Riedhammer in Port Said von sich stieß, den Frau Stevens kurz darauf gekauft hatte, und den sie nun als Decke benutzte.

Um zwölf Uhr nachts kam man in Neapel an. Frau Stevens war aufgeblieben, trotzdem sie nicht ganz wohl zu sein schien. Sie war bald heiß, und bald fröstelte sie. Der Abschied inmitten des Getriebes der Landung war oberflächlich und stumm verheißungsvoll. Das letzte, was er von ihr sah, war das helle Wehen ihres Schleiers. Im Augenblick darauf war sie verschwunden, wie im Meere untergetaucht. Ein sinnloser Schreck durchfuhr ihn. Eingekeilt in der hin- und her flutenden Menge ließ er sich, willenlos und lächerlich, wie ein Kreisel herumdrehen. Ein Kerl riss ihm sein Köfferchen aus der Hand und lief damit davon, so dass er erwachend, mit einem malaiischen Fluch auf den Lippen, ihm nachjagte.

Draußen sah er noch einmal zurück. Das Schiff lag dunkel da, sich stumm und leise in der Nacht verneigend. Er wartete bis zur Abfahrt. Als der Dampfer sich in Bewegung setzte, glaubte er das Winken eines weißen Tuches zu sehen. Er rief. Kein Laut antwortete ihm. Die Entfernung war zu groß. Und dieses plötzliche Gelöst sein aus warmer, lieber Nähe schien ihm schwerer zu ertragen, als er je geahnt hatte.

Während er mit seinem Gepäckträger die steile, schwüle Straße hinaufstieg, die von der Marina zur Stadt führt, kam ihm immer aufs Neue der Gedanke, er hätte sie verloren, er würde sie nicht wiedersehen.

Nach einer kurzen, im Hotelbett durchwachten Nacht, ungewohnt der Stadtluft, ohne Lust, Kunst oder Natur zu genießen, verbrachte er die Stunden bis zum Abgang des Zuges, ging dann, in Genua angekommen, lange vor Ankunft des Dampfers zum Hafen hinab, stand geduldig in der Hitze und wartete – –

Nun endlich war sie da. Er hatte sich etwas abseits gehalten bei der Landung und abgewartet, bis der Abschied von den Zurückbleibenden vorüber war. Ganz fremd erschien sie ihm auf einmal. In einem städtischen Promenadenkleide, weiß wie immer, aber von konventionellerem Schnitt. Sie hielt mit einer Bewegung, die ihr eigen war, beide Arme nach rückwärts gehoben. Wie ein großer weißer Vogel, der zur Reise rüstet.

Jetzt aber sah sie ihn. Mit schnellen Schritten, kaum sich bewegend, kam sie zu ihm.

»Danke,« sagte er atemlos. Dann sprachen sie beide nichts mehr.

Auf einem großen, hellbeschienenen Platze, über den ein paar Denkmäler einen kurzen Schatten warfen, blieb sie stehen. Sie schloss die Augen.

»Dir ist doch wohl?« fragte er besorgt.

»Mir kommt es nur so schrecklich heiß vor, nach der Seeluft.«

»Dann ist es am besten, wir gehen höher hinauf. Da ist es kühler.«

»Aber wollen wir denn nicht in ein paar Stunden weiter fahren nach Paris?«

Er wurde über das ganze Gesicht rot und sah sie bittend an. Da legte sie ihren Arm in den seinen, senkte den Kopf und ließ sich führen.

Ohne sich weiter umzusehen oder zu bereden, stiegen sie zwischen zwei Mauern den Berg hinan. Überall aus den Gärten dufteten Mimosen und Orangenblüten. Palmenbäume blickten über die Mauer herüber. Ein schwacher Wind durchwehte den Gassenschacht und kühlte.

Auf halber Höhe fanden sie einen Wagen. Droben in Granarolo suchten sie sich unter den Häusern, in denen man vermietete, ein sauberes aus, wählten zwei Zimmer mit dem Blick auf das Tal, denn sie waren es müde, das Wasser zu sehen, und blieben da oben den ganzen Tag; saßen, als es kühler wurde, im Gärtchen und ließen geduldig reifen, was sie als unentrinnbar in sich fühlten.

In der Nacht aber trieb der sanfte Mondschein und die Einsamkeit ringsum sie zueinander.

Ohne Vorwurf, ohne Reue, jedes über sich selbst erstaunt und übermütig in seiner Beglückung, so spielten sie sich in den neuen Tag hinein. Manchmal versuchte sie, ernsthaft zu planen und zu verfügen; aber das Wunder war zu neu, sie vermochten noch nicht, es einzuordnen. Jede Miene, jede Bewegung des geliebten Gesichts war wichtiger als die Zukunft, wichtiger auch als die Vergangenheit.

»Jetzt bist du mir Wirklichkeit geworden,« sagte Arnold ein paarmal, »nicht mehr nur Erscheinung.«

»Und jetzt bin ich dir Wirklichkeit?« Sie sagte es leise singend, ihn mit blassen, schmalen Armen umfassend.

Er sah in ihre nahen, immer ein wenig traurigen Augen. Etwas war in ihr, das er noch nicht kannte. Etwas Rätselhaftes, das noch nicht geschmolzen war an ihm. Er fürchtete sich fast davor. Und mit geschlossenen Augen küsste er sie heftig, um nichts mehr zu denken, nichts zu sehen, nur zu fühlen, dass sie da war.

Je mehr sie sich Paris näherten, um so überfüllter wurden die Bahnwagen. Riedhammer litt Qualen, die geliebte Frau unter allen diesen Menschen zu sehen. Sie selbst hatte fiebrig rote Lippen und eigentümlich blasse Hände. In Macon stieg ein Bekannter von Riedhammer ein, der französische Konsul aus Hongkong. Sein lebhaftes Geplauder amüsierte Johne und dass auch Riedhammer ein wenig aus seiner gereizten Stimmung. Er erzählte sehr drollig von der Marseiller Hafendouane, die ihn durchaus unter Pestquarantäne stellen wollte, weil er aus Ostasien kam, und wie er ihr dennoch entschlüpft sei. »Was haben sie es klug gemacht, Doktor, dass Sie in Italien schon ausstiegen und überhaupt keinen französischen Hafen berührten.«

»Ja, das haben wir wirklich klug gemacht.« Sie konnten ihre Augen nicht bezwingen, die sich anlachten.

Der Franzose unterhielt beflissen weiter. »Eine unglaubliche Nervosität herrscht augenblicklich in den französischen Häfen. Man hat Angst. Und in der Tat, ein einziger Pestfall würde die ganze, für uns so überaus wichtige Ausstellung gefährden. Sie wissen, es ist das erste wirklich internationale Unternehmen seit dem unseligen Kriege. All unser Patriotismus macht sich darin Luft. Man will und muss Erfolg haben. Einen Riesenerfolg. Und ich glaube, jeder, der, ob mit oder ohne Schuld, diesen Erfolg stört, würde erbarmungslos und kalten Blutes vernichtet werden. Ganz Paris würde zusammenstehen gegen ihn. Unerbittlich.«

Drüben tauchte eben das neue Wahrzeichen der Stadt, der Eiffelturm, leicht und blinkend in die Luft empor. Seine Eleganz, hinter der sich eine so furchtbare eiserne Massenhaftigkeit barg, hatte fast etwas Drohendes. Johne sah mit weit aufgerissenen Augen hinüber. Sie bewegte wie frierend die Schultern.

Es war gegen Mittag, als Riedhammer und Johne in Paris anlangten. Bei verschiedenen großen Hotels fuhren sie vor, ohne einen Platz zu bekommen, die Stadt quoll über von Fremden; endlich fanden sie ein neuerbautes, kaum erst fertiges, in dem noch die Trockenfeuer brannten. Dabei war doch alles schon aufs eleganteste tapeziert und eingerichtet. Nur ein fataler Geruch nach Lack, Kleister und Steinkohlen war nicht zu vertreiben gewesen. Schließlich aber waren sie froh, nicht länger suchen zu müssen. Auch hier gab es nur noch ein paar freie Zimmer. Riedhammer beeilte sich, für Johne eines im dritten, für sich eins im vierten Stock zu belegen. Vorsichtshalber, da er viele seiner Bekannten jetzt in Paris wusste, und in Rücksicht auf die Frau, die später seinen Namen tragen würde, schrieb er sich nicht direkt hinter Frau Stevens ein, sondern überließ die Linie hinter ihrem Namen einem Amerikaner. Als dann er an die Reihe kam, sah er mit Vergnügen ihre schöne, schrägliegende Schrift. Ihre Zimmernummer war 117.

In seiner Stube wartete er einen Augenblick, bis er sie allein glauben konnte, dann stieg er die Treppe hinab und ging nach 117. Ihr wohlbekannter flacher Rohrkoffer stand bereits geöffnet vor dem Kamin, sie saß am Tisch und hielt sich das Taschentuch vor den Mund.

»Was ist dir?« Er wurde bleich vor Sorge.

»Gar nichts, nur, weißt du, das Binnenland bekommt mir noch nicht nach der langen Seefahrt. Aber in kurzem werde ich mich wieder ganz akklimatisiert haben.«

Er beredete sie, sich aufs Bett zu legen, während er eifrig Decken und Kissen auspackte und ihre Toilettensachen auf dem hübschen Spiegeltischchen ausbreitete. Das Zimmer war hell und luftig, mit einer lichtblauen Tapete und einem breiten Fenster, das auf eine stille, Bäume bepflanzte Seitenstraße hinausging. Saubere Cretonnemöbel, das Bett mit Musselinvorhängen, ein weißer Teppich. Alles weiß und blau.

Arnold betrachtete jedes Stück mit liebevoller Aufmerksamkeit, dann sah er nach der Uhr. Er musste fort. Man erwartete ihn in der Ausstellung. Er zögerte, hielt die Uhr in der Hand und konnte sich nicht trennen.

»Du musst du fort?« Sie richtete sich auf und starrte ihn angstvoll an. Er kniete vor ihr hin und streichelte ihr die Füße. «Soll ich bleiben? Sag', dass ich bleiben soll.«

»Nein, nein, du sollst nicht um meinetwillen – – Und siehst du, ich ruhe mich inzwischen schön aus und dann –

Mit einer kleinen, halb verlegenen, halb mutigen Bewegung der Lippen wandte sie sich ganz zu ihm.

In demselben Augenblicke wurde in einem Seitenflügel des Hotels, der gleichfalls auf die Nebengasse sah, ein Fenster geöffnet. Arnold ging und zog die blauseidenen Gardinen vor die Scheiben. Als er sich umdrehte und nach dem Sofa hinübersah, schien ihm Johne Stevens' Gesicht in dem blauen Licht ganz verändert, förmlich kalkig. Er erschrak. Am liebsten hätte er die Gardinen wieder aufgezogen, um sie wie sonst zu sehen, aber die Dämmerung schien ihr gut zu tun. Sie schloss, wie ruhend, die Augen.

»Ich will dem Stubenmädchen sagen, dass sie nach dir sieht,« sagte er, »und versprich mir, nach dem Doktor zu schicken, wenn du dich nicht bald besser fühlst.«

»Ja, ja.« – – Sie schien schon fast zu schlafen.

Da, um sie nicht zu stören, schlich er leise hinaus. Aber sie hörte ihn doch.

»Es ist nichts, es ist wirklich nichts,« sagte sie und lächelte ihn an.

Er kam noch einmal zurück. »Und bitte, schicke mir eine Nachricht in mein Zimmer, falls du ruhen möchtest, du mich nicht mehr sehen willst.«

»Ja, ja,« sagte sie wieder, ihre Schultern bewegten sich ungeduldig.

Da ging er. Aber zwischen den Doppeltüren stand er eine ganze Weile und horchte, ob sie ihn zurückriefe.

In der Ausstellung verbrauchte er mehr Zeit, als er gedacht hatte. Er bannte sich fest an seinen Arbeitsplatz und verschob alles Genießen auf morgen, da sie es zusammen tun würden. Aber es musste bis in die Dunkelheit hinein geschafft werden. Geeignete Handwerker waren nur heute noch zu haben gewesen; für morgen hatte sich ein Kolonialgewaltiger zu Besuch angesagt, da durfte das Malaiendorf nicht fehlen in der wirkungsvollen ethnographischen Abteilung.

Für Minuten gelang es Arnold, bei der Arbeit Sehnsucht und Sorge zu betäuben, aber immer wieder wuchsen sie übermächtig in ihm empor. Zweimal schickte er Telegramme ins Hotel, jedes Mal erhielt er die Antwort: ›Alles gut‹; da atmete er auf. Die Aufgabe begann ihn zu interessieren.

Beim Scheine der soeben neuerfundenen, sehr laut surrenden und manchmal halb verlöschenden Bogenlampen arbeitete Riedhammer dann weiter. Er blickte manchmal hinauf in die Eisenkonstruktion des Eiffelturmes, der jetzt, wie leicht ins Grau hineingetaucht, gegen den erblassten Himmel stand. Die geniale Verve dieser Schöpfung erregte ihn, durchströmte seinen Kopf mit neuen Ideen. Und im Hintergrund seiner Gedanken stand immer eine liebe wartende Gestalt und streckte weiße Arme nach ihm aus. Der Assistent des Botanischen Gartens, der wegen Erneuerung der Pflanzen in der ostasiatischen Abteilung mit ihm sprach, sah ihn plötzlich befremdet an. Riedhammer hatte eine ganz unmögliche Anordnung gegeben. Es war schon zehn Uhr, als er endlich in eine Droschke springen und nach Hause fahren konnte, durch lichtgefüllte lärmende Straßen, auf die er nicht achtete. Im Hotel angekommen, lief er erregt die Treppe hinauf in sein Zimmer. In der zweiten Etage hielt ein älterer Herr ihn auf. »Sind Sie es wirklich?«

Sein Lehrer. Ein Professor von der Berliner Technischen Hochschule. Riedhammer hatte hier mitten auf der Treppe eine Fülle von Fragen zu beantworten.

»Jetzt müssen wir eine Flasche Champagner zusammen trinken,« beschloss der alte Herr zuletzt. »Ihre glückliche Heimkehr nach Europa muss mit Sekt begossen werden. Oder wollen Sie vielleicht in diesem Babel noch flanieren? Ich komme mit!«

Er war nicht abzuschütteln. Kaum gelang es Arnold, hinauf in sein Zimmer zu schlüpfen und dort nach einer Botschaft Umschau zu halten.

Keine Nachricht. Gott sei Dank. Sie erwartete ihn also. In jäh aufsteigender Glut öffnete er das Fenster. »Johne,« sagte er zu der Nacht, die still und sternenklar über den unruhigen Menschenmassen stand.

Im Hause war noch alles hell und wach. Er seufzte. Vor drei Stunden würde er es nicht wagen dürfen, zu Johne hinunterzugehen. So ging er denn ins Restaurant unten, wo der Professor ihn sofort mit Beschlag belegte. Das Gespräch war anfangs lahm. Arnold sollte erzählen und vermochte es kaum. Mit Mühe suchte er seine Erinnerungen zu sammeln. Aber sein Zuhörer war ganz zufrieden, wartete nur darauf, selber zu erzählen, und redete nun seinerseits lebhaft und klug von der Entwicklung Deutschlands während der letzten Jahre, kam dann auf sein eigenes Fach und horchte, wie er meinte, sehr geschickt seinen einstigen Schüler aus, ob er wohl für eine Lehrstelle an der Hochschule geeignet sei. Es machte Arnold Spaß, scheinbar harmlos und zufällig sich in das allergünstigste Licht zu stellen. Er fühlte sich in Siegerstimmung. Bekam er die Stelle, konnte er in Europa bleiben – und heiraten.

Heiß und stark pulsierte ihm das Blut durch seinen Körper, und er blickte dem vergnügten alten Herrn, der ihm zuerst so lästig schien, jetzt mit herrlicher Dankbarkeit in sein kindliches Gesicht. Verkürzte er ihm doch die böse Zeit des Wartens.

Endlich zeigte seine Uhr, die er fortwährend befragte, die erste Stunde nach Mitternacht.

Sie waren die letzten Gäste im Saal. Die Kellner hatten die übrigen Tische bereits mit Stühlen vollgestellt. Als sie in den Treppenflur kamen, empfing sie eine befremdliche Dunkelheit. Der Professor brummte: »Was ist denn heute hier los? Sonst brennt doch das Gas die ganze Nacht im Korridor?«

Riedhammer bat ihn um ein Wachsstreichholz, um sich in sein Zimmer hinauf zu leuchten, wie er sagte. Am Treppengeländer blieb er stehen und horchte. Dann, als alles ruhig geworden war, tappte er sich, Johnes' Namen still vor sich hindenkend, im Dunkeln wieder hinunter nach Nr.117, zündete sein Wachshölzchen an, konstatierte die Nummer und öffnete die unverschlossene Außentür. Dann vorsichtig die andere, die sie gleichfalls offen gelassen hatte. Plötzlich, von einem kalten Luftzug getroffen, verlosch seine kleine Leuchte. Unangenehm kahl hatte der Raum geschienen bei ihrem letzten aufflackern.

Riedhammer, unruhig geworden, machte ein paar Schritte ins Zimmer hinein. Warum war wohl der Teppich weggenommen?

Behutsam rief er. Keine Antwort. Er blieb wie angewurzelt. Alles war so sonderbar. Das Fenster musste aufstehen; es war kalt und eigentümlich feucht im Zimmer. Mehr als am Tage machte sich auch ein fataler Geruch bemerkbar. Nach Karbol kam es ihm vor.

Um keinen Lärm zu machen, erregt und zitternd, streckt er die Hände vor, sich am Toilettentisch vorbeizutasten. Er greift ins Leere. Verzweifelt macht er ein paar Schritte. Nichts. Er fasst hier und da ins Dunkel – alles leer. Er ruft noch einmal, lauter, nach Johne – tiefe Stille. Auf einmal sieht er im Dunkeln den Kaminspiegel glänzen, geht darauf zu, fasst danach, es ist die Fensterscheibe. Das Fenster steht weit auf, keine Vorhänge mehr, keine Gardinen. Da fasst ihn etwas an. In wahnsinnigem Schrecken schreit er laut auf und greift danach. Er fühlt ein Stück halbabgerissene Tapete, die sich im Luftzug bewegt. Die Wand, an die er rührt, ist feucht und kahl. Er ist in ein gänzlich fremdes, unheimliches Zimmer hineingeraten.

Nun will er hinaus. Er findet die Tür nicht mehr. Ganz sinnlos dreht er sich ein paarmal im Kreise und stürzt endlich atemlos und schweißbedeckt hinaus.

Draußen läuft er wie gejagt die Treppe hinauf. Aber sein Herz schlägt so stark, dass er stehenbleiben muss. Unwillkürlich blickt er den Treppenschacht hinab. Da huscht etwas über den Gang unten. Ein Mensch. Sein Laternchen macht ihm einen kurzen Schatten, der sich auf den Treppenstufen krümmt. Hände und Gesicht schwarz verhüllt. Er trägt eine lange Rolle über der Schulter. Lautlos und eilig gleitet er weiter und verschwindet.

Arnold fühlte sich den Puls. Nachträglich fiel ihm ein, es könnte ein Dieb gewesen sein. Aber ihm war jetzt alles gleichgültig. Oben in seinem Zimmer machte er Licht. Er trat vor den Spiegel. Er sah blass aus, und sein Rock hatte Wandflecken.

Lange saß er unausgekleidet auf seinem Bett. Getäuschte Sehnsucht, Ärger über sich selbst und ein unbestimmtes Grauen trieben ihm kalte, brennende Tränen in die Augen. Ein paarmal stand er auf und horchte hinunter. Alles zog ihn zu Johne Stevens. Aber dann glaubte er wieder Schritte zu hören und blieb. Als die Sonne aufging, legte er sich nieder und schlief bis in den Tag hinein.

Elf Uhr war es, als er aufwachte.

Was musste Johne Stevens von ihm denken!

Durch den Kellner, der sein Frühstück brachte, ließ er fragen, ob er der gnädigen Frau seine Aufwartung machen dürfe? Der Kellner kam nicht wieder.

Riedhammer wartete eine halbe Stunde, klingelte ein paarmal, aber niemand kam. Da ging er endlich, außer sich über dieses neue Hindernis, unangemeldet hinunter. Er klopfte, öffnete die Außentür, klopfte wieder. Und als niemand »Herein!« rief, öffnete er. Da sah er einen kleinen gelben Salon mit vielen Spiegeln, goldenen Seidenstühlchen und Marmortischen. Im Kamin brannte trotz der Wärme ein eigentümlich parfümiertes Feuer.

Vollständig verwirrt ging er wieder hinaus. Er trat zurück, las noch einmal die 117 über der Tür und stieß gegen den Zimmerkellner, der herbeigeeilt kam.

Der Mann schien aufs äußerste erschrocken. »Wünschen der Herr jemanden? Wenn der Herr jemanden wünschen, bitte doch nicht in die Zimmer zu dringen, bitte doch, sich an mich zu wenden oder an das Stubenmädchen.«

Riedhammer wurde ärgerlich. In seinem ungeübten Französisch erklärte er dem Manne, dass er sich seinen Rat ersparen möge, und verlangte die Zimmernummer von Madame Stevens.

»Madame Stevens? Kenne ich nicht.«

Unhöflich ging er davon, ehe ihm Arnold Näheres sagen konnte. Der irrte ratlos weiter und traf endlich auf das hübsche Zimmermädchen, das unter der Treppe im Pallier mit einem Stapel Bettwäsche hantierte.

»Welche Zimmernummer hat Madame Stevens?« fragte er möglichst sanft.

Das Mädchen schien sehr beschäftigt zu sein. Sie zuckte die Achseln. »Madame Stevens? Kenne ich nicht.«

Er beschrieb sie, ihre Haarfarbe, ihre Größe.

»Bedauere unendlich, in meinem Korridor existiert leider keine solche Dame.«

»Aber in Teufels Namen, ich habe ahnen doch selber gestern einen Frank gegeben, damit Sie nach der Dame sehen sollten!«

Das Mädchen lächelte liebenswürdig. »Ach, jetzt weiß ich. Ja, der Herr hatte mir gesagt, aber der Herr hatte mir eine falsche Zimmernummer angegeben, der Herr hatte sich geirrt.«

»Sie sind also überhaupt nicht bei der Dame gewesen?«

In seinem aufkochenden Zorn musste er wohl ein Klingelzeichen überhört haben, denn das Mädchen rief plötzlich eifrig:

»Entschuldigen Sie, man braucht mich oben.« Unbeschreiblich schnell war sie davon.

Entschlossen ging Riedhammer die Treppen hinunter zum Portier.

»Welche Zimmernummer hat Madame Stevens?«

»Madame Stevens?« Der Mann sah lange in die Luft. Dann wandte er sich an einen der Herren, die hinter dem langen Bürotische die Bücher führten. Er räusperte sich: »Existiert eine Madame Stevens hier bei uns im Hotel?«

»Eine Holländerin,« sagte Arnold zitternd vor Ungeduld. Die Herren schlugen nach. »In den letzten Wochen ist hier keine Dame dieses Namens eingetroffen.«

Riedhammer donnerte auf den Tisch, dass die Tintenfässer klirrten.

»Jetzt wird's aber zu toll.« Er bemühte sich, seinen Zorn auf Französisch auszudrücken. »Gestern Mittag komme ich hier an mit der Dame –«

»Pardon, der Herr ist allein gekommen.«

»Ach was, ich sage ahnen doch, die Dame ist mit mir hier angekommen. Da ist ja auch der Groom, der Madame die Handtasche hinaufgetragen hat. Der da mit der verbundenen Hand.« Er nahm den kleinen Kerl bei den Schultern. »Du besinnst dich doch?«

Der Knirps sah ihn an. In sein blasses Gamingesicht kam ein sonderbarer, fast frivoler Ausdruck von Neugier. Arnold stampfte mit dem Fuße auf. »Besinne dich, besinne dich.«

Der Kleine sah auf den Portier, der ganz vertieft über ein Zeitungsblatt gebückt saß. Dann sagte er mit kindlich impertinenter Stimme: »Monsieur irrt sich, Monsieur ist allein gekommen.«

»So – so – allein gekommen!« Er schrie fast. In besinnungsloser Wut schüttelte er den Jungen hin und her. Eine hässliche Szene entstand. Hotelgäste waren stehengeblieben und gafften. Bedienstete drängten hinzu, den Kleinen zu befreien.

»Ein Verrückter!« hörte man rufen. Einige erkundigten sich, um was es sich handele? Man zuckte die Achseln. Ein alter Herr lächelte.

»Wenn Madame doch nicht mehr will. Mein Gott, die schönen Damen sind kapriziös.«

Riedhammer sah sich rund im Kreise um. Seine Miene war so schrecklich, dass die Leute sich zurückzogen. »Den Herrn Direktor!« befahl er keuchend.

Er war schon zur Stelle. Elegant, gemessen, sehr blass über seiner blauen Krawatte.

Riedhammer nahm sich zusammen. »Es handelt sich um die Dame, die gestern Mittag mit mir hier angekommen ist und, soviel ich weiß, in Nr. 117 einquartiert worden ist. Madame Stevens.« Und er fing wieder an, sie zu beschreiben.

Der Direktor zuckte die Achseln. »Bedauere, eine solche Dame ist hier nicht.«

Riedhammer starrte ihn an. Seine Augen brannten. »Zeigen sie mir das Fremdenbuch,« sagte er endlich heiser. Es dauerte eine Weile, ehe man es brachte.

Arnold lief mit großen Schritten auf und nieder im Vestibül. Endlich kam das Buch.

Riedhammer schlug es auf. Am Ende der letzten Seite stand sein eigener Name, auf der Linie darüber der Amerikaner, und dann: »Monsieur et Madame Lefèvre, Bruxelles«, las er. Er gab das Buch zurück. »Es ist gut.« Alles drehte sich um ihn.

»Ich gehe zur Polizei!« rief er ins Haus hinein.

Mitten durch das Gewühl der Menschen und der Wagen ging er, ohne sich umzusehen, immer im Zickzack hin und her. Ein Fahrrad rannte ihn an, ein Bäckerkorb stieß ihn vor die Brust. Er bewegte sich ruhelos weiter, wie ein Uhrwerk, das ablaufen muss. Einmal blieb er mitten unter der Menge stehen. Er hatte sie gesehen, drüben auf dem Fußsteige, Ihren weißen Schleierhut, ihren Schal. Da wieder – – aber an der anderen Seite. Dann war sie's wieder nicht. Die eine nicht und nicht die andere. Er setzte sich in einen Wagen und ließ sich nach dem Kommissariat des Arrondissements fahren. Heiße, menschengefüllte, unwirkliche Straßen entlang. Wie ein Schulkind plapperte er her, was er auf der Polizei auszusagen hatte: »Gestern Mittag um 1 Uhr im Hotel angekommen, Nr. 117. Der Groom trug ihr die Handtasche.« – Auf einmal riss es ihn in die Höhe. Wenn sie wirklich von ihm weggegangen wäre? – Absichtlich! Ja, ja, so ist es. Sie hat sich krank gestellt, um ihn zu entfernen, und dann …

Und dann? – Er kam nicht weiter.

Deutlich neben sich, so dass er herumfuhr, hörte er ihre Stimme, verträumt und glücklich wie an jenem Morgen in ihrem kleinen Zimmer in Genua: »Ich bin zufrieden – ach, ich bin so zufrieden!«

Er sssich mit beiden Händen an den Kopf. Der Kutscher drehte sich nach ihm um, weil er ihn stöhnen hörte. Im Polizeigebäude verlangte er nach dem Chef de sûreté.

Der war beschäftigt. In dem Wartezimmer war es zum Ersticken. Er trat ans Fenster. Wieder spielten ihm seine Nerven einen Streich. Er glaubte den Direktor seines Hotels zu sehen, sein blasses, höfliches Gesicht über der blauen Krawatte. Der Herr bestieg einen draußen wartenden Wagen und fuhr davon. Ehe Riedhammer sich noch klar war, ob er recht gesehen hatte, kam ein Diener und führte ihn aus dem gefüllten allgemeinen Warteraum in ein kleines, leeres Zimmer. Der Mann hatte etwas Scheues in den Augen. Alle waren sie so sonderbar mit ihm. Oder bildete er sich das nur ein? War vielleicht nur er selber – sonderbar? Seiner Sinne nicht gewiss? Kühlend legte er die Hände an seine Schläfen.

Ein paar Minuten blieb er allein, dann erschien der Chef selber an der Tür, lud ihn ein, näher zu treten, und bot ihm drinnen einen Stuhl an, ziemlich entfernt von seinem eigenen. Auf dem Schreibtisch lag ein frisch beschriebenes Blatt, anscheinend Notizen.

Arnold sah das alles scharf und klar, nur zu denken vermochte er nicht. Der Beamte setzte sich.

»Soviel ich verstehe, wünschen Sie, dass man nach der Dame recherchiert? Sie sind verwandt mit ihr? Nein? Also ein Freund?«

Riedhammer stieg das Blut zu Kopf. »Ich lernte die Dame flüchtig kennen vor ein paar Tagen. Es traf sich, dass wir dieselbe Reiseroute hatten.«

»Ich verstehe vollkommen.« Der Herr Chef lächelte verbindlich. »Und nun glauben sie also« – er sah auf seine Notizen. »Sind Sie ganz sicher, dass Madame wirklich im Hotel abgestiegen ist? Haben Sie irgendwelche Anzeichen dafür?«

»Anzeichen? Ich habe sie selber dorthin gebracht, ich habe sie selber dort besucht, kurz nachher.«

»Ah, so. Wollen Sie mir, bitte, gütigst auseinandersetzen, um was es sich Ihrer Meinung nach handelt. Soviel ich bisher sehe, gehört ihr Fall zu den in Paris allerhäufigsten. Eine Dame allein gelassen – nicht wahr, Sie ließen Madame den ganzen Tag allein? – Paris ist reich an Zerstreuungen – – Ich fürchte, die Polizei kann da nichts machen.«

Riedhammer erhob sich. Sein Gesicht zeigte eine gefährliche Röte.

»Ich kann nicht glauben, dass man hier in Paris ungestraft einen Fremden auf die unerhörteste Weise betrügen lässt.«

»Betrügen?« Der Beamte erhob sich gleichfalls. Seine Miene war streng geworden. »Mein Herr, der Direktor des Hotels, das Zimmermädchen, der Stubendiener, der Kellner, der Portier, der Groom, außerdem sämtliche Herren des Büros, jeder einzelne sagt aus, Sie seien ganz allein im Hotel angekommen. Gibt Ihnen das nicht vielleicht zu denken, mein Herr? Glauben Sie, dass sich alle diese Personen einfach getäuscht haben?«

»Nein, aber mich. Man hat *mich* täuschen wollen.« Seine Lippen bebten.

»Und darf ich fragen, aus welchem Grunde?« Die Hand in sein Gilet gesteckt, wartete er auf Antwort.

»Weil – ja, weil – Herr Gott, ich bin doch nicht verrückt.« Er trocknete sich den Schweiß vom Gesicht.

Der Chef sah ihn mitleidig an. »Sie sind nervös, sehr nervös, vielleicht wäre es am besten, wir warteten einen Augenblick, bis Sie sich erholt haben.«

»Jede Minute ist kostbar.«

»Später verständigen wir uns vielleicht besser.«

»Nein, nein, wer weiß, was inzwischen – –« Die helle Angst sprach aus seiner Stimme. »Sie wollen nichts für mich tun, wie mir scheint?« fragte er misstrauisch.

»Aber sicher. Wenn sie es wünschen, sollen die allerausführlichsten Recherchen angestellt werden. Wir geben Ihnen Nachricht, sobald eine Spur sich findet. Vielleicht, um sich nicht länger der Unruhe des Wartens auszusetzen, reisen Sie am besten ab? Wir telegraphieren Ihnen dann, wohin Sie wollen. Reisen Sie, reisen Sie«, sagte er noch an der Tür. »Sie sind sehr nervös, lieber Herr!«

»Zum deutschen Konsulat,« sagte Riedhammer draußen zum Kutscher.

Man musste erst in einem Geschäft den Wohnungsanzeiger auftreiben, um darin die Adresse zu ermitteln.

Im Wagen wartend, stellte Arnold Versuche an, gab sich schwierige Exempel auf und sagte das große Einmaleins her. Hatten sie recht? War er verrückt? Er dachte angestrengt nach. Wenn ihm ein anderer seine Abenteuer seit heute Nacht erzählt hätte, er würde sagen: Verfolgungswahn.

Also war wirklich alles nur Einbildung? Das schien ihm jetzt einen Augenblick das wahrscheinlichste. Aber Johne Stevens, die er liebte; die er in den Armen gehalten hatte, war das auch nicht wahr? Ein Spuk? Erschüttert stierte er vor sich hin.

›Und nun bin ich dir wirklich?‹

Er sah ihr weißes Gesicht mit den traurigen Augen, die immer so von weit her kamen, das Flüchtige, seltsam Auffliegende ihrer Gestalt. Und nun ihr Verschwinden!

Können Menschen so verschwinden? Und können Menschen neben einem stehen, ohne dass die anderen sie gewahren?

»Verrückt, verrückt!« murmelte er vor sich hin.

Auf dem Konsulat klangen seine Angaben dermaßen wirr und unwahrscheinlich, dass der alte Herr ihn kaum verstand. »Wen klagen Sie eigentlich an?« fragte er.

»Ich weiß es nicht.«

Er fühlte sich am Ende seiner Kräfte. Noch einmal, geordneter erzählte er alles. Während er sprach, wurde es ihm klar: Johne Stevens Mann aus Batavia steckte dahinter. Der hatte das ganze Hotel gekauft, hatte seine Frau mit Gewalt entführt, hielt sie irgendwo verborgen. Mit sich überstürzenden Worten und flackrigen Bewegungen teilte er dem freundlichen Manne das mit. Der wiegte bedächtig den Kopf. Seine wasserblauen, ziemlich vorstehenden Augen betrachteten Riedhammer von oben bis unten. Er legte ihm seine gute, runzlige Hand aufs Knie.

»Na, erst mal sich beruhigen! Wir werden die Sache schon in Ordnung bringen. Freilich so, wie Sie die Geschichte da erzählen, klingt ja alles etwas unwahrscheinlich, etwas phantasievoll. Ich bin hierher gesetzt zum Schutze meiner Landsleute,« fuhr er nachdrücklich fort. »Ich verspreche also, das Mögliche für Sie zu tun. Das Mögliche,« wiederholte er mit aufgehobenem Zeigefinger. »Das heißt, man wird untersuchen, ob Ihnen Unrecht geschehen, und, wenn dies der Fall war, die Schuldigen anklagen.«

»Und Madame Stevens? Wird man sie suchen?«

»Das gehört in das Ressort des holländischen Konsulats.«

»Gut; also werde ich dorthin gehen.«

Der alte Herr verbeugte sich.

»Und wohin kann ich ihnen Nachricht schicken? Sie reisen doch wohl ab?«

Arnold gab das Büro in der Kolonialabteilung der Ausstellung an. ›Er will mich weg haben,‹ sagte er sich. ›Der auch!‹ Und erschrak gleich darauf. Hatte er schon wieder Verfolgungsideen?

Das holländische Konsulat war geschlossen.

Riedhammer entließ den Wagen, um in einem kleinen benachbarten Restaurant ein paar Bissen zu nehmen. Jetzt, am Nachmittage, war das Zimmerchen ganz leer. Lange saß er da in der Stille, ganz stumpf, und hörte die Fliegen summen. Nach langem Warten bekam er ein Gericht, das er schnell und stumm verzehrte. Dann schleppte er sich zum holländischen Konsulat hin.

Zu seinem Staunen fand er den jungen Angestellten, der ihn dort empfing und sich während des Sprechens auffällig mit einem parfümierten Taschentuche zu wedelte, schon vollständig unterrichtet. Er erklärte, mit dem Sekretär der Sicherheitspolizei auf der Präfektur zusammengetroffen zu sein, der ihm ›den Fall Stevens‹ erzählt hätte, und er sei nun bereit, die Beschwerden des Herrn entgegenzunehmen.

Es lag etwas Hochfahrendes in seiner übrigens korrekten Haltung, das Riedhammer aufs äußerste reizte.

»Man hat Ihnen vielleicht gesagt, dass ich verrückt bin,« schrie er ihn an. Seine Augen funkelten.

Der junge Mann trat einen Schritt zurück. Sein gelbes Schantungröckchen knisterte. Er blickte ein paarmal nach der Tür hinter sich.

»Ich – ich übernehme die Sache,« erklärte er eilig. »Wollen Sie die Güte haben, mir die Personalien der Dame zu geben.« Er setzte sich an ein Tischchen, auf dem Schreibpapier bereit lag. »Name und Vorname?«

»Johne Stevens.«

»Johne? – Nicht Johanna?«

»Ich weiß nicht.«

»Alter?«

»Ich weiß nicht.«

»Ah, Sie wissen nicht?«

»Nein.«

»So, so. – Also wo geboren?«

»Ich weiß nicht recht – vielleicht in Amsterdam.«

»Hm! Bisheriger Aufenthaltsort?«

»Batavia.«

»Was wissen Sie sonst über die bisherige Lebensweise der Genannten?«

»Nichts.«

»Nichts?«

»Nichts.« Mit einem fast höhnischen Lächeln betrachtete er den Frager.

»Das alles ist sehr sonderbar,« sagte der Herr im rohseidenen Röckchen. »Wissen Sie, mein Herr, dass Sie sich durch alles dies in hohem Maße verdächtig machen?«

»Wieso verdächtig?«

»Ihre ganze Geschichte trägt so sehr den Stempel des Erfundenen – die Geschichte vom Verschwinden einer jungen Frau, die niemand gesehen hat. – Ihr aufgeregtes Wesen wirkt so eigentümlich. – Es kommt vor, dass Verbrecher sich selber eines anderen, nicht begangenen Verbrechens anschuldigen, um Ruhe zu bekommen.« Er lächelte dabei, befriedigt von dieser Probe seines Scharfsinns. Dabei stand er jetzt ganz nahe an der Tür, die er ein wenig geöffnet hatte. Man sah die Schatten von zwei Männern sich auf dem Pfosten und einem Teil der Wand abzeichnen.

Riedhammer brach in ein Lachen aus, das ihm entsetzlich wehtat. Er war so erfüllt von Hass und Wut all diesem Sinnlosen gegenüber, dass er sich nicht länger beherrschen konnte. Mit zwei Schritten, fast springend, war er dem jungen Menschen an der Kehle und würgte ihn. Man packte seine Arme. Er ließ los. Zwei Leute waren da: ein Polizist und ein Herr im schwarzen Rock. Der Herr trug einen kleinen, spitzen Bart und eine Brille.

»Sie sind krank, mein Herr,« sagte er, »entschieden krank. Ich bin Arzt. Ich gebe Ihnen den bestimmten Rat,« - sein Ton wurde drohend - »sogleich von Paris abzureisen. Für ihren Zustand ist diese Stadt Gift.«

»Und Sie werden gut tun, nicht erst abzuwarten, bis Sie als lästiger Ausländer ausgewiesen werden,« fügte der Herr im Seidenröckchen hinzu. »Was indessen Ihren Antrag betrifft,« er war schon halb aus der Tür, »so ist er bei uns in den besten Händen.«

»Ich werde mir gestatten, Sie zu begleiten,« sagte der Arzt, »ihre Angelegenheiten im Hotel zu ordnen und ihnen sonst behilflich zu sein.«

Riedhammer hatte sich auf einen Stuhl gesetzt. Er hatte das Gefühl, als hätte man seit Stunden unaufhörlich dröhnend auf ihn eingeschlagen. Er verstand nichts mehr. Mit Verwunderung sah er auf seine Knie, die merkwürdig hin und her fuhren.

»Es ist so,« sagte er sich. »Alle haben recht. Johne Stevens hat nicht existiert.«

Mit dem fremden Herrn an seiner Seite fuhr er vor seinem Gasthaus vor. Er schloss die Augen, um nichts Neues, Unverständliches mehr zu sehen. Er war sehr müde und traurig geworden. Man brachte seinen noch unausgepackten Koffer hinaus und die Handtasche. Dann fuhren sie nach dem Bahnhof.

»Ich habe gleich ein Billett nach Havre genommen - es ist Ihnen doch recht?« sagte der Arzt.

Riedhammer antwortete nicht. Er wusste nicht mehr, für was er kämpfen sollte, gegen wen. Ein entsetzliches Gefühl von Unsicherheit machte ihn fast ohnmächtig.

Im Augenblick der Abfahrt sah er noch einmal den Eiffelturm leicht und blinkend in die Luft emporragen. Er hielt zwischen seinen eisernen Füßen die Stadt gefangen.

Riedhammer hatte sich von Havre aus das erste beste Schiff nach Southampton genommen. Von dort fuhr er nach London, wo er sich für Wochen im Gewühl vergrub. Dann ging er auf die Inseln. Da lebte er ein paar Monate ganz einsam und ereignislos, von einem alten Ehepaar gepflegt.

Im August erhielt er aus Paris die Nachricht, dass trotz sorgfältigster Nachforschungen eine Person weiblichen Geschlechts mit Namen Johne Stevens nicht aufzufinden gewesen sei. Auch hätten die Recherchen ergeben, dass in der Tat Herr Doktor Riedhammer in dem besagten Hotel ganz allein angekommen sei, und dass die vom ihm bezeichnete Dame in jenem Hause niemals gewohnt habe.

Am Tage darauf reiste Riedhammer nach Deutschland. Dort in seiner alten thüringischen Heimat ließ er sich nieder, zeichnete Landkarten für einen geographischen Verlag und erwarb sich damit sein Brot. Allerlei Aufgaben hätten sich ihm geboten, Aufträge: Brückenanlagen, Bauten in einer Schiffswerft, auch der Berliner Professor trat wieder mit seinen Anerbietungen an ihn heran. Riedhammer lehnte alles ab. Er traute sich nichts Rechtes mehr zu. Auch sonst war er verändert. »Wunderlich geworden da drüben in den Tropen,« meinten die Leute. Er hatte wenig Umgang. Zu Hause las er viel. Eine ganze Bibliothek aus den Schriften der alten Mystiker sammelte sich um ihn. Oft ging er im Lande umher und ließ sich in den Bergdörfern Sagen erzählen. Und kam er an ein Wasser, eine Höhle, sah er eine Staubwolke sich erheben, einen Wassersturz aufstäuben, so konnte er stundenlang sitzen und auf dieselbe Stelle starren. Bis er sie wiedersah, in ihrer stillen Wolke, weiß durchleuchtet, eine Glorie brauner Engelsköpfchen hinter sich. Er sah sie aufsteigen, lächeln und zerfließen, wieder hinabsinken zu den Unterirdischen: seine Erscheinung.

In die Geheimakten der Pariser Polizei aber wurde eingetragen: dass eine junge Frau aus Batavia, Johne Stevens, in Paris angekommen, an der Pest erkrankt, wenige Stunden nach ihrer Ankunft gestorben und vom Hotel aus heimlich begraben worden sei. Um jedes Aufsehen zu vermeiden, das der soeben eröffneten internationalen Ausstellung hätte verhängnisvoll werden können, habe man das Zimmer der Toten noch in derselben Nacht eiligst desinfiziert, frisch tapeziert und neu eingerichtet.

Den Begleiter der Dame habe man in der Befürchtung, dass auch er angesteckt sei, zwangsmäßig aus der Stadt entfernt.

www.ingramcontent.com/pod-product-compliance
Lightning Source LLC
Chambersburg PA
CBHW060800310726
48980CB00002B/167

* 9 7 8 3 8 4 6 0 8 6 5 5 1 *